國家圖書館出版品預行編目資料

夢中音樂會／朵　思著；郝洛玟繪. ——
初版二刷. ——臺北市：三民，民90
面；　公分——（兒童文學叢書.
小詩人系列）
ISBN　957-14-2862-0（精裝）

859.8　　　　87005748

網際網路位址　http : // www. sanmin. com. tw

◎夢中音樂會◎

著作人　朵　思
繪圖者　郝洛玟
發行人　劉振強
著作財產權人　三民書局股份有限公司
臺北市復興北路三八六號
發行所　三民書局股份有限公司
地址／臺北市復興北路三八六號
電話／二五〇〇六六〇〇
郵撥／〇〇〇九九九八──五號
印刷所　三民書局股份有限公司
門市部　復北店／臺北市復興北路三八六號
重南店／臺北市重慶南路一段六十一號
初版一刷　中華民國八十七年八月
初版二刷　中華民國九十年二月
編　號　S85368
定　價　新臺幣貳佰捌拾元整

行政院新聞局登記證局版臺業字第〇二〇〇號

ISBN　957-14-2862-0（精裝）

兒童文學叢書
・小詩人系列・

夢中音樂會

朵　思／著
郝洛玫／繪

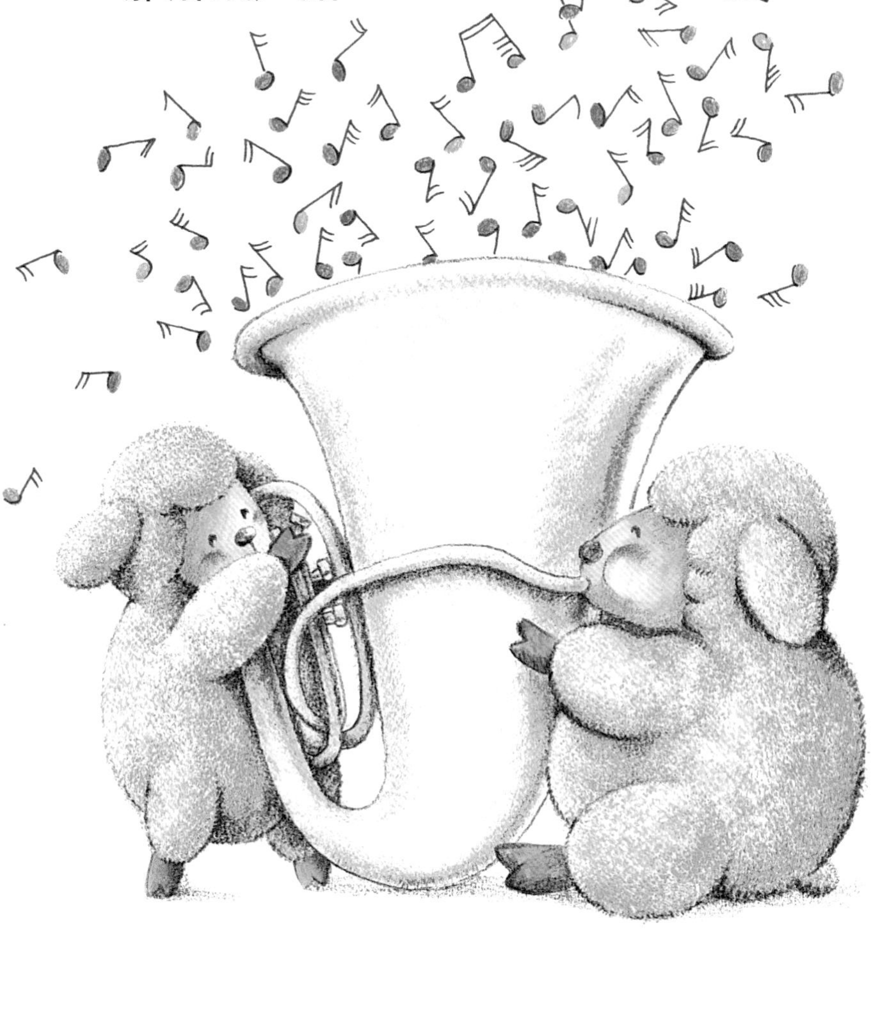

三民書局

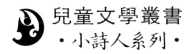

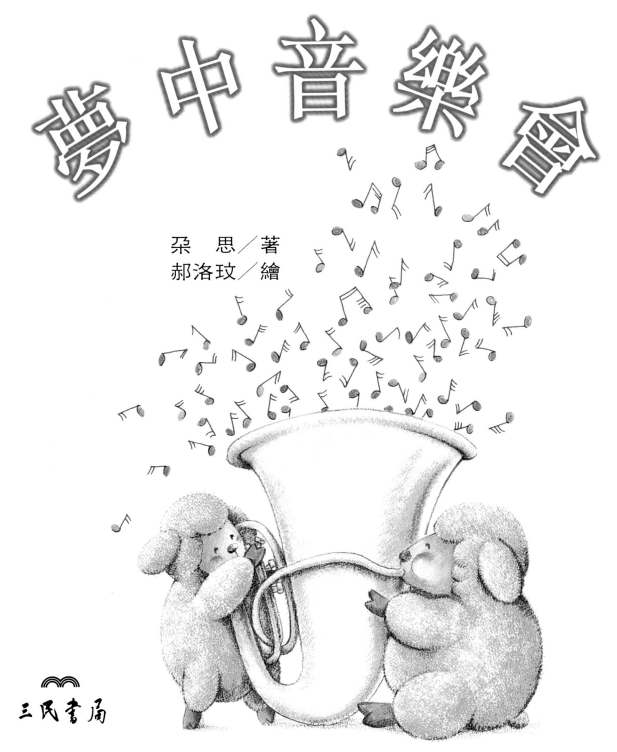

詩心・童心

——出版的話

可曾想過，平日孩子最常說的話是什麼？

「媽！我今天中午要吃麥當勞哦！」「可不可以幫我買電視上廣告的那種電動玩具！」「我好想要百貨公司裡的那個洋娃娃！」

乍聽之下，好像孩子天生就是來討債的。然而，仔細想想，這些話的背後，絕不只是貪吃、好玩而已；其實每一個要求，都蘊藏著孩子心中追求的夢想——嚮往像童話故事中的公主般美麗、令人喜愛；嚮往像金剛戰神般的勇猛、無敵。

為了滿足孩子的願望，身為父母的只好竭盡所能的購買，但孩子們總是喜新厭舊，剛買的玩具，馬上又堆在架子上蒙塵了。為什麼呢？因為物質的給予終究有限，只有激發孩子源源不絕的創造力，才能使他們受用無窮。「給他一條魚，不如給他一根釣桿」，愛他，不是給他什麼，而是教他如何自己尋求！

事實上，在每個小腦袋裡，都潛藏著無垠的想像力與無窮的爆發力。大人常會被孩子們千奇百怪的問題問得啞口無言；也常會因孩子們出奇不意的想法而啞然失笑；但這種不規則的邏輯卻是他們認識這個世界的最好方式。而詩歌中活潑的語言、奔放的想像空間，應是最能貼近他們跳躍的思考頻率了！

於是，我們出版了這套童詩，邀請國內外名詩人、畫家將孩子們天馬行空的想像，熔鑄成篇篇詩句；將孩子們的瑰麗夢想，彩繪成繽紛圖畫。詩中，沒有深奧的道理，只有再平常不過的周遭事物；沒有諄諄的說教，只有充滿驚喜的體驗。因為我們相信，能體會生活，方能創造生活，而詩的語言，也該是生活的語言。

每個孩子都是天生的詩人，每顆詩心也都孕育著無數的童心。就讓這些詩句在孩子的心中埋下想像的種子，伴隨著他們的夢想一同成長吧！

在童年的想像天空飛翔

色彩在雨後的天空多麼炫麗，樹影在陽光下或月夜裡如何愉快的舞動，還有，火怎麼燃燒，水怎麼漂流，山怎麼挺立，鳥怎麼歌唱……宇宙間，有那麼多美妙的事物，無時無刻，不在撼動我們的心靈，這時，如果我們把它用天真無邪的童心，以最簡短的文字巧妙的表現出來，那便是一首首美麗的童詩。

人類的想像空間，本來就蘊藏著許許多多可供挖掘的美妙和憂喜，畫筆畫出它們，音符傳述它們，文字寫出它們，各種形式的藝術表現，彩繪了我們的童年，也豐富了我們的人生。

進入童詩世界，我們可以放鬆心情，把外在世界的變化，完全屏除在意念之外，如同欣賞音樂，陶醉在它音符的起伏，也如同欣賞畫作，酩酊於它的線條一樣，我們在童詩的賞析中，也會不知不覺被它的意象之美所牽引。

我小的時候，在戰爭的陰影下，強烈感受到的是：轟炸機和燒夷彈的威脅，但躲在防空洞裡面，只要知道飛機已掠空而過，解除了被丟擲炸彈和掃射的危機，我們小朋友們便會快樂的哼唱兒歌，童稚的語彙，好像裹著甜蜜的糖汁，讓我們唱得心裡好舒坦，憂愁滿面的大人聽了，往往也會露出莞爾的微笑。

在童年的想像天空飛翔，的確是一件很幸福的事情，希望所有的小朋友都不要錯過機會。

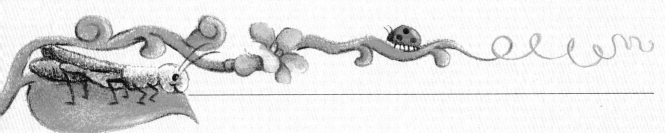

目次

夢中音樂會

字典

橫躺豎立
不認識的陌生筆劃
都睡在字典的紙頁裡

先查部首
再翻頁數
我的眼睛像巡邏的警察一樣
一個字一個字找下去
便看到那個好像認識
又叫不出名字的字體

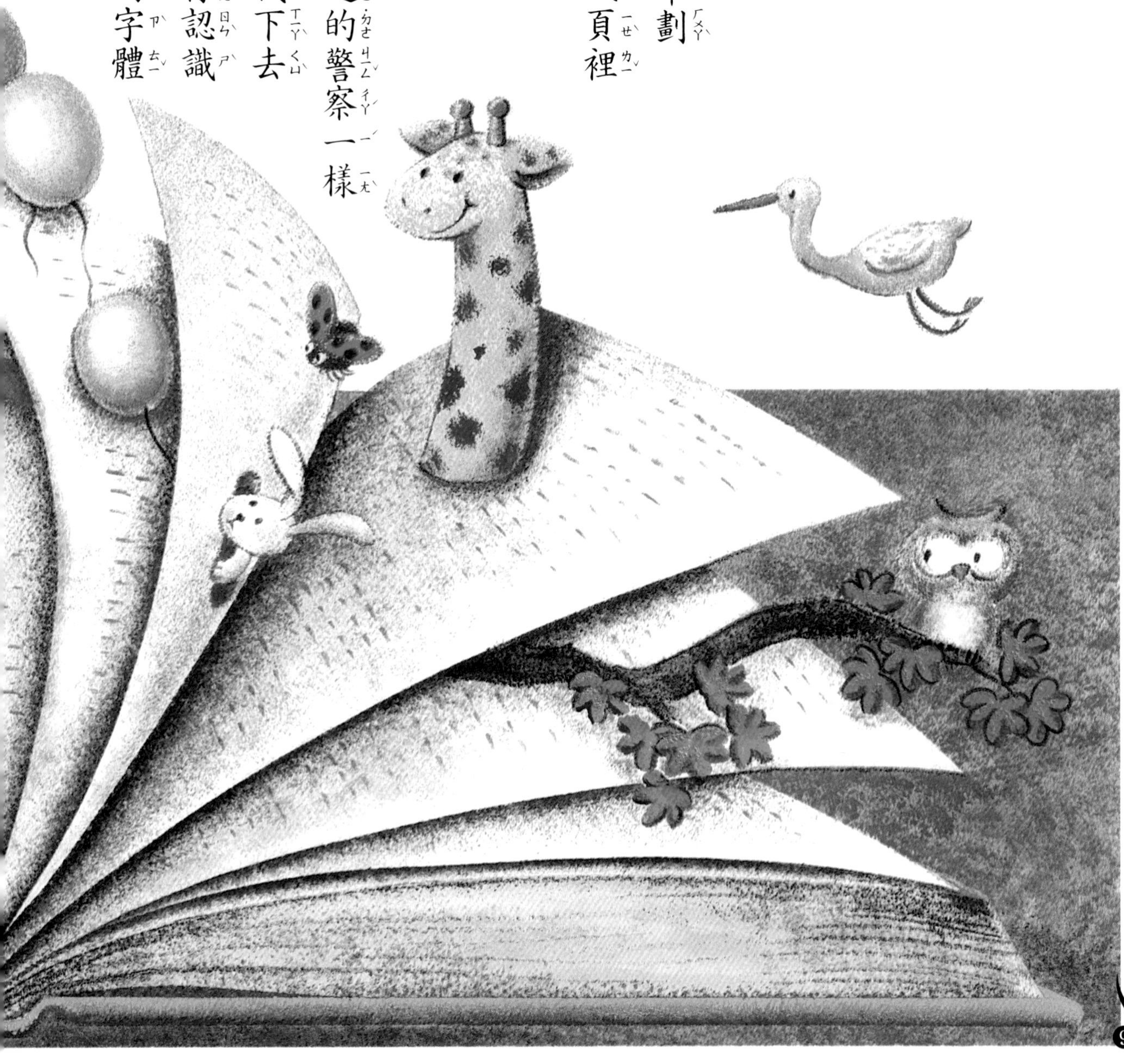

拼拼音
我讀出了聲音
字典，不說話的小老師
教會我很多生字

查字典是認識生字的好方法，
這首詩忠實的描述了
查字典的過程和樂趣。

筆

我的身子握在你手上
你要我工作
我便在紙的田畝努力耕耘
你要我休息
我便躺在筆筒或鉛筆盒裡
睡覺
你說我是
一位傳達思想的尖兵
你說我是
一位紙上戰場的勇將

你說我是
一管流露心情的沙漏
……
你說什麼
我都接受
我也會設法盡力完成你的願望

筆的任務是書寫和傳達，這裡的筆擬人化為我，你，則是握筆書寫的每一個人。

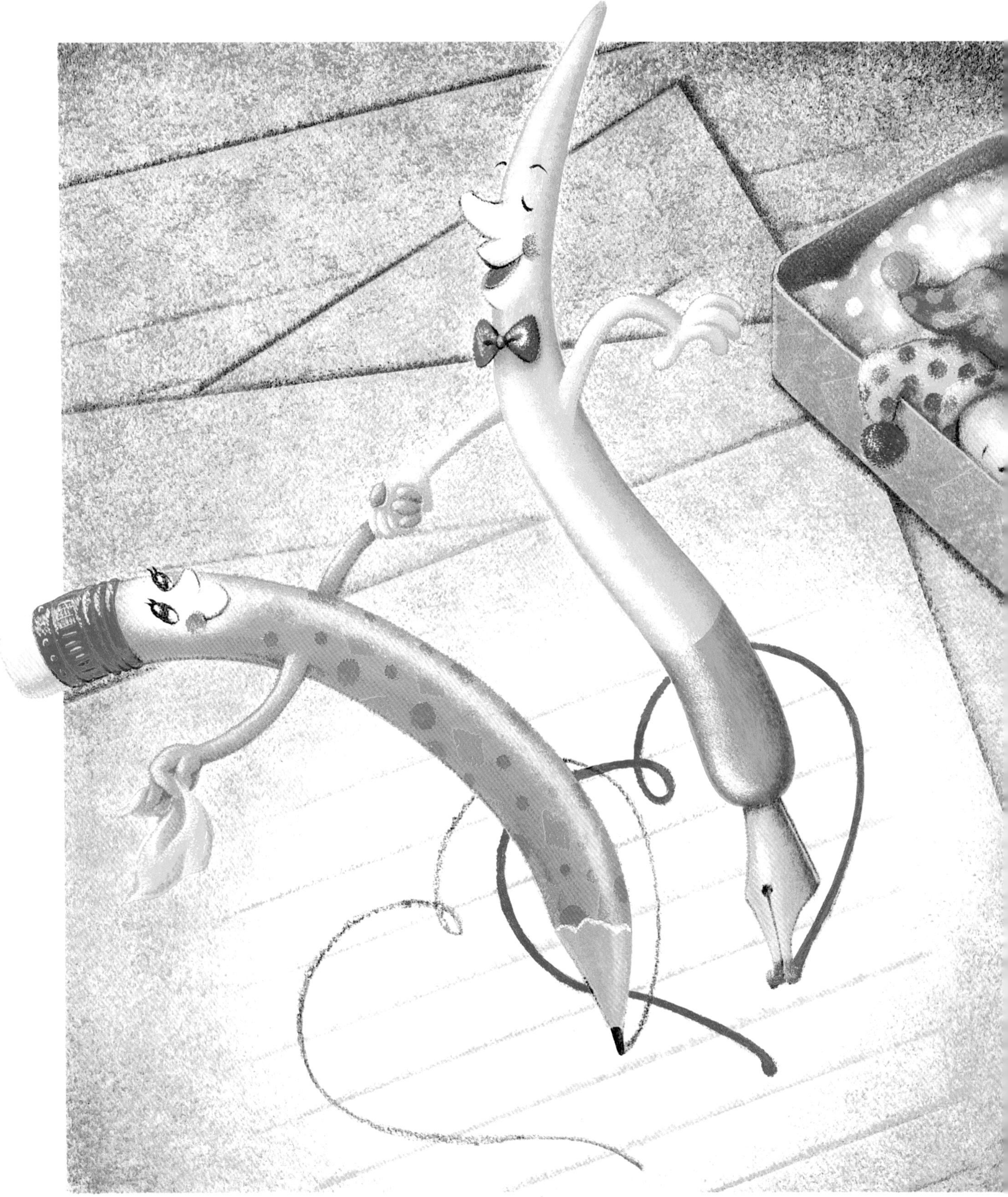

蠶

⿰口悉⿰口悉　⿰口悉⿰口悉
牠們蠕動身體
一口一口
吞食桑葉的版圖

⿰口悉⿰口悉　⿰口悉⿰口悉
牠們夢想
有一天變成一隻蛾

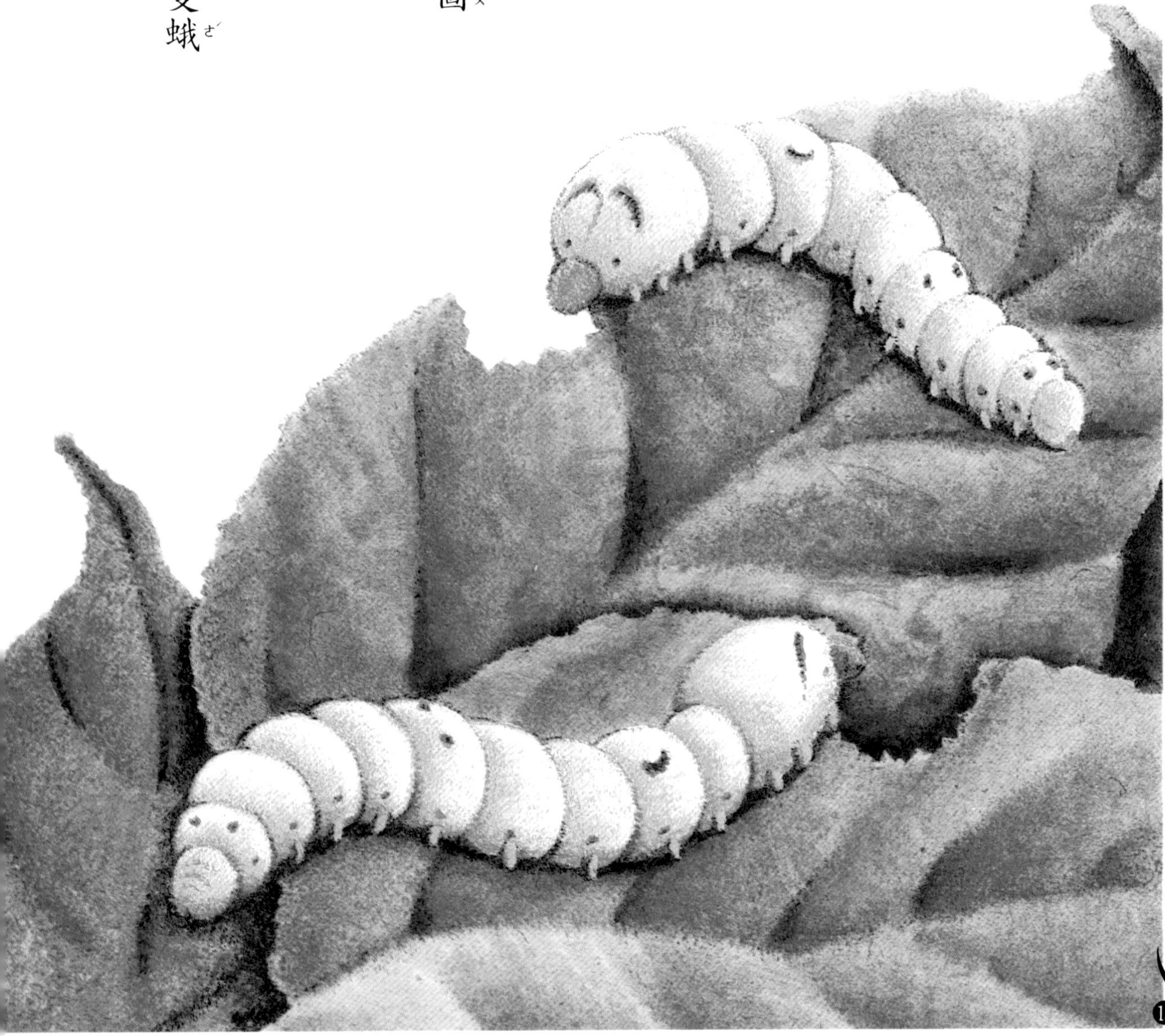

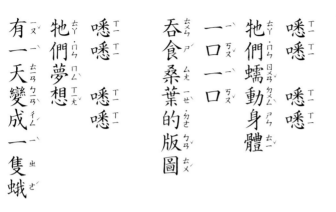

嘻嘻　嘻嘻
養蠶伯伯
夢想有一天牠們抽絲
變成一床蠶絲被
一襲蠶絲衫
一座華屋
一疊疊鈔票
……

嘻嘻是蠶吃桑葉
和蠕動身體的聲音，
這些聲音讓養蠶伯伯
有了夢想，
蠶絲被、蠶絲衫都可以
變成鈔票買華屋。

時鐘

三百六十度旋轉
三隻腳一直趕路
走不停

滴答　滴答
你聽到我叫時間不要走嗎？
滴答　滴答
你聽到時間回答說：
不行，不行呀！

三隻腳分別是時針、分針、秒針，
人類的欲望：希望時間留下來，
但時間事實上一直往前走，
無法稍留片刻。

雨

站在屋頂上面
嘩啦啦的唱
站在窗門外
唏哩嘩啦的哼

大了
有如萬馬奔騰
小了
就像銀絲穿針

我很喜歡
靠在它聲音的臂膀
想心事

這首詩，從始至終，
都以聲音來襯托「雨」的形象，
聲音有臂膀嗎？
有，那是一種超越常情的想像。

窗簾上的圖案

我在臥室裡面
種了一排竹子
晚上
它們沙沙作響
陪伴我作功課
白天
我變魔術般
把它們全變不見了

同學聽到我的敘述
瞪大眼睛
驚訝的向我追問
我說：因為它們是窗簾上的圖案
白天收攏時當然看不見

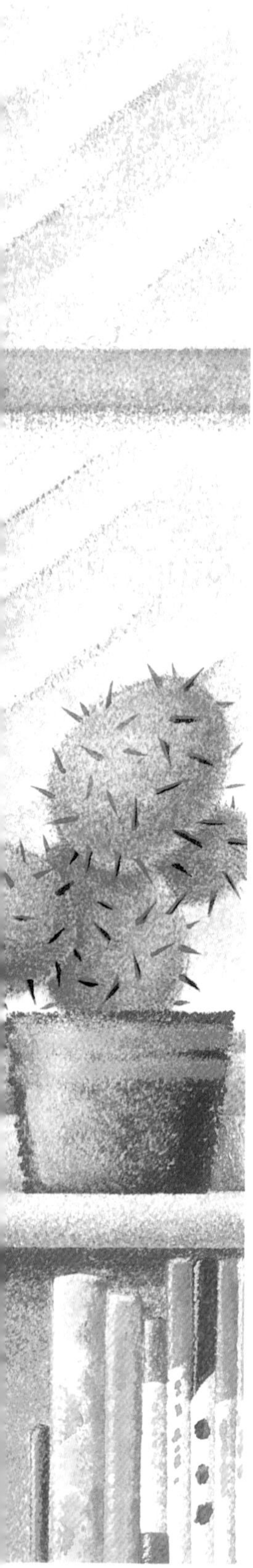

窗簾拉開有竹子圖案，
收攏時，不見了，
主角的謎題，
謎底由自己不由自主的說了出來。

捷運

快速穿越郊野、隧道、市區
坐在裡面
我們忽然生起一種想飛的意志

紅、綠燈在腳下閃爍
捷運車無視號誌的指揮
繼續在半空中馳行
而腳下的公共汽車
則像烏龜一樣
在後面慢慢爬行
忽然，我們有一種飛翔的快樂

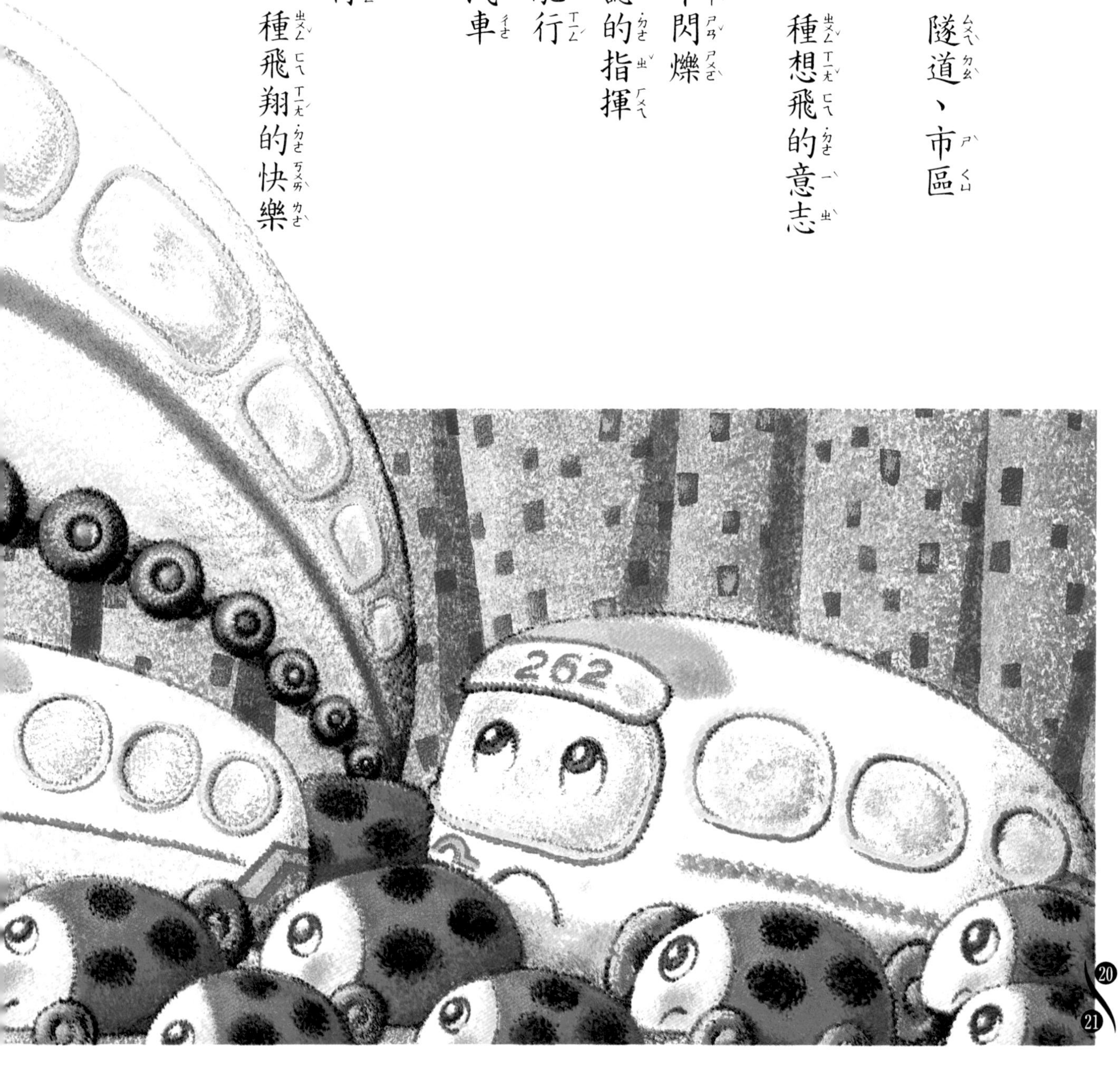

我們迅速抵達目的地

不必像從前

利用坐車時間補充睡眠

下車時，一臉睡眼惺忪

捷運是最新的交通工具，
因為有一定軌道，
便不會有交通壅塞的現象，
確實可以節省很多時間。

風鈴

風鈴掛在門口
那是風走過來走過去
都要經過的地方

叮叮噹噹
它一面和風交談
一面搖擺舞姿
很多人的情緒便被鼓舞了

叮叮噹噹
它來回吟唱清脆的曲調
很多人心裡的煩惱
便被搖散了

風鈴的聲音，
高高低低的很好聽，
沒事時，聽它和風交談，
的確很有意思。

花市

玫瑰、茶花、菊花、蘭花、桂花、茉莉花、
大理花、牡丹、牽牛花、天堂鳥……
一起展開花姿
吐露芬芳

鐵樹、楓樹、榆樹、槭樹、櫸樹、榕樹、松樹、
九重葛、長春藤、變葉木、小天使、紅竹……
它們用飽滿的枝葉
面對參觀的人群

這裡
花農採用最新的農業技術
改換花期
讓花市經年顯出一片花海燦爛

我們逛花市，
常會發現一些季節性的花卉，
已經改良成四季開花，
因為這樣，花市便常常顯得很熱鬧。

影子

影子是我們最親密、忠實的朋友
它常跟隨我們四處遊走

太陽、燈光、月亮照射的方向
使它們在我們前後、左右
變長、變短
甚至消失

影子是陪伴我們晒太陽的好朋友
影子也是
我們走夜路隨侍身邊的好朋友

物象都會有影子，
影子追隨在我們左右，
所以它是每個人最親密、
忠實的好朋友。

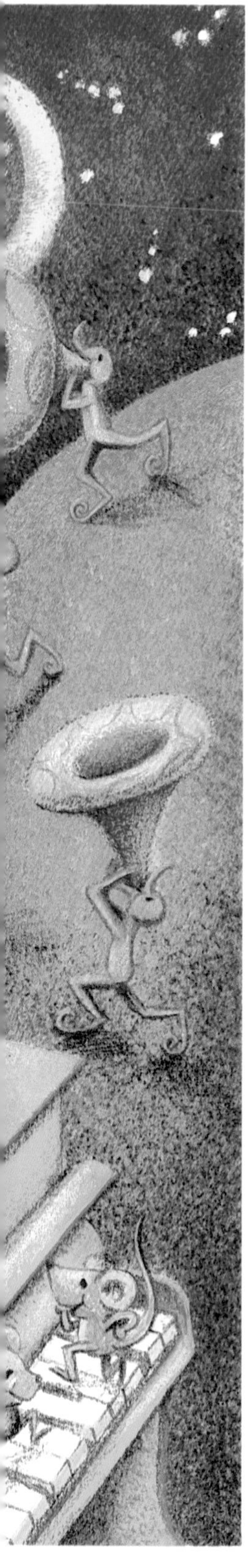

夢中音樂會

弟弟告訴姊姊
他昨天夢裡去參加一場音樂會
有管絃樂器演奏
有銅樂器獨奏
有鋼琴聯奏
姊姊聽了哈哈大笑
她也編撰一個夢境
告訴弟弟

她的夢中音樂會
有牽牛花在吹喇叭
有小青蛙在合唱
還有夏蟬在拉小提琴

每個人都會作夢，
現實中見不到的景物，
在夢中出現，
會給予我們滿足的感覺。

虹

紅、橙、黃、綠、藍、靛、紫
我好想爬上
那座七色橋
去撫摸雨後清爽的天空
我也好想
從那座七色橋上
滑下去
去探看海被雨擾亂後
恢復平靜的心情

虹是雨後天空出現的奇景，
小朋友對著那剎那即逝的景象，
可以展開很多想像。

鑰匙

插進我的肚子
我就咔啦咔啦響

你知道嗎？
不管來自媽媽皮包
姊姊書包
爸爸褲袋
哥哥皮帶
或是小弟小妹的脖子
每一次溫暖的旋轉
只要那特殊齒列
符合我凹凸有致的密碼
我都會愉快的敞開胸懷

我，是鑰匙孔；
你，是鑰匙，
不管誰來開，
只要符合密碼，
便會打開，
所以要小心別丟掉鑰匙，
讓宵小得逞。

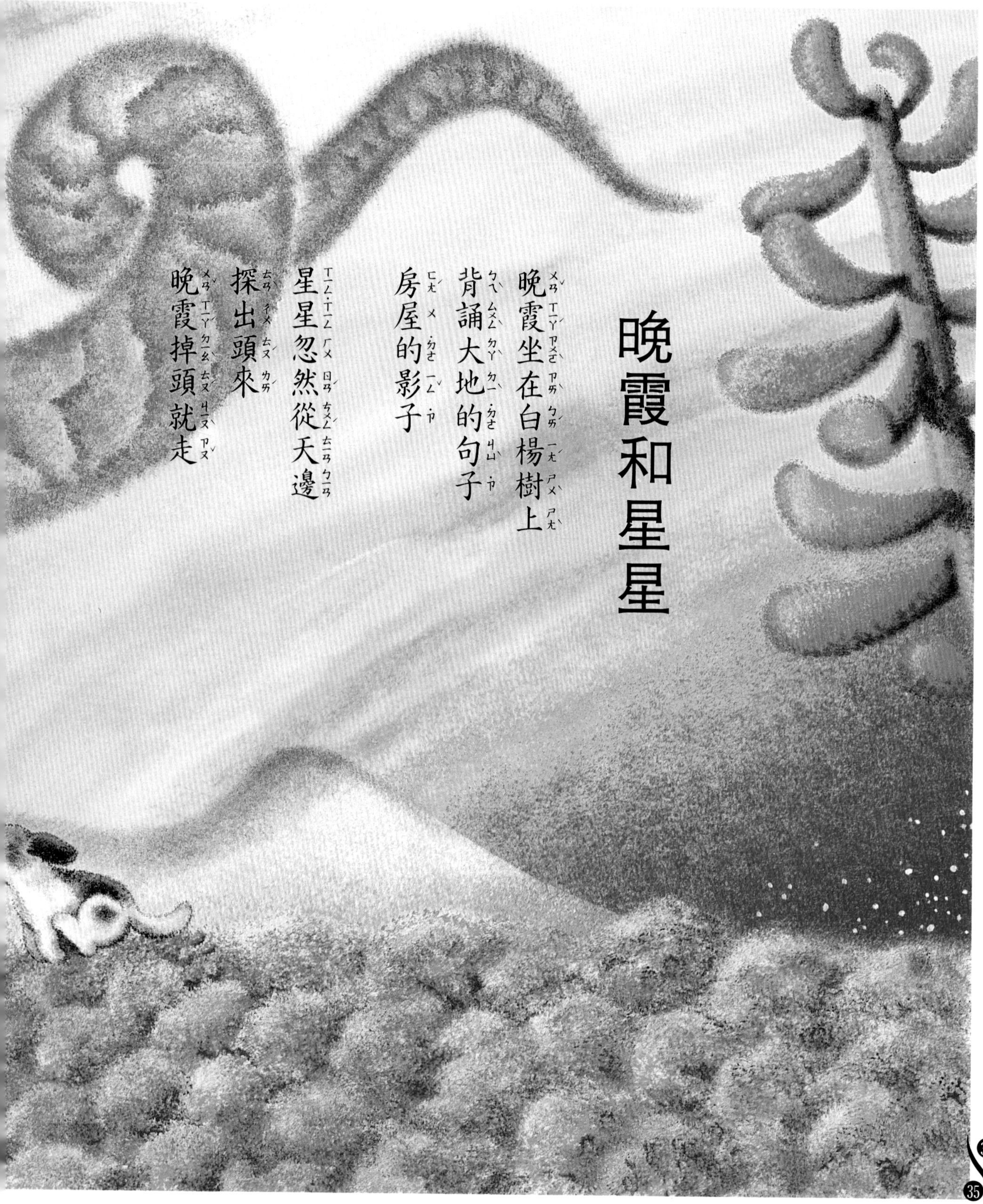

晚霞和星星

晚霞坐在白楊樹上
背誦大地的句子
房屋的影子

星星忽然從天邊
探出頭來
晚霞掉頭就走

它害怕和星星一起站在天空
天空
會顯得非常擁擠

晚霞消失才出現星星是正常現象，
但，有些超乎尋常的想像，
卻非常美。

鞋子

鞋子和腳一起出門去散步
一前一後
一後一前
鞋子在馬路上
參觀別人的腳

別人的腳
在馬路上
觀賞各式各樣的鞋子

走路都是前、後腳輪流前進，
妙的是：腳上的鞋子，
竟去參觀別人的腳，
別人的腳，也在觀賞
行走擺動的不同鞋子。

池塘

雲來照鏡子
覺得自己很美
便走過去了

鳥、蜻蜓和蝴蝶
都在池塘上面翱遊
覺得自己又酷又帥
也高高興興的
走過去了

只有鴨子和鵝
一面照鏡子，一面划水
還和池塘裡的魚兒
捉迷藏

池塘是鏡子，
雲、鳥、蜻蜓、蝴蝶、鴨子、鵝，
都從池塘的映照中，
得到自己的快樂。

螞蟻

一隻螞蟻的嗅覺網路
剛好網住一陣可口的餅乾香味
牠跑去通知所有的親戚朋友
一起上路
協力把餅乾
搬運回家

一列長長的螞蟻隊伍
不斷向上爬升
協力要把「家」移往高處
是要下雨淹水啦

螞蟻有最靈敏的嗅覺
螞蟻有最尖銳的感應
螞蟻有最合作的精神

我們常看到螞蟻成群結隊出沒，
他們的合作精神，
是人類合作的最佳示範。

爸媽的對話

我是石頭
妳是曝晒石頭的太陽

我是報紙
你是讀報的眼睛

我是鷹
妳是供鷹飛翔的天空

我是土地
你是陪伴土地的植物

我是沙灘

妳是撫慰沙灘的浪潮
我是海浪
你是供我飄泊流浪的大海
這些
都是我偷偷聽到的
爸媽的對話

家是大海嗎？
我們在家裡飄泊流浪，
一定不會有寂寞的感覺，
父母的和諧恩愛，
是子女最大的幸福。

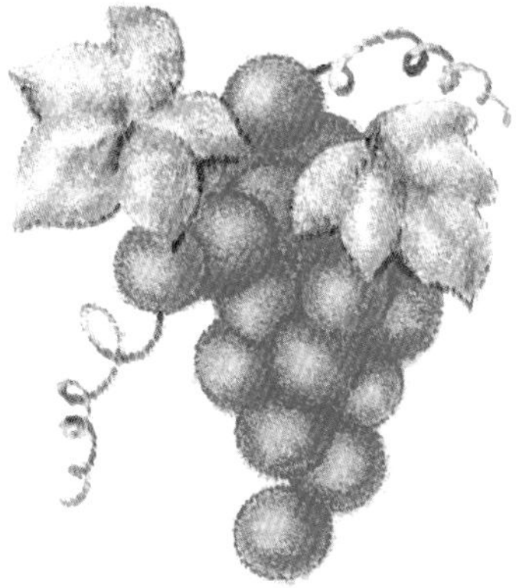

葡萄

餐桌上的水果盤
盛滿一顆顆紫色的葡萄
它們像一隻隻大眼睛
怔怔的注視我
然後，像發出聲音說：
吃下我！吃下我！
忽然——
我變成一隻大怪獸

吃下一隻眼睛
又一隻眼睛
……
媽媽在廚房
大聲問我：
「小雅，今天的葡萄甜不甜？」
我回過神來
趕快回答：「很甜，很甜。」

大人、小孩都會有神馳的時候，
那也正是我們在想像空間
自由馳騁的時候。

燕子

去年
燕子在簷下啣泥築巢
今年春天
牠們越海飛回來
風塵僕僕的
又住進去了

燕子知道
春天的花香
是在等待蝴蝶來駐足

春天的嫩芽
是在等待避冬的牠們
飛回來
和它們呢喃說話

燕子是候鳥，冬去春來，
聽到燕語呢喃，不只嫩芽，
我們的心情也會變得很愉快。

寫詩的人

朵思

朵思，本名周翠卿，嘉義市人。小時候，她喜歡吟唱兒歌；大一點時，便利用想像力捕捉四周圍環境的詩意；再大一點，則開始寫詩，她的第一首處女詩作〈路燈〉，發表在《野風》月刊，以後陸續創作不斷。

出版詩集有《側影》、《窗的感覺》、《心痕索驥》，和《飛翔咖啡屋》。詩作廣為海內外三十多種具有代表性的文學選集、大系所收錄，並被翻譯成英、日、韓三種文字。

大陸詩評家沈奇，對她的詩做如下解釋：她的語言有一種清越純淨的品質，一種對麗姿華影聲色的自覺疏離，有冰雪性情而本真投入，語感中有一種冷凝矜持的光暈。

畫畫的人

郝洛玟

總是笑咪咪的郝洛玟，朋友們都暱稱她「郝媽媽」，而她也確實是個好媽媽。她的兩個女兒一直是她最忠實的支持者，她喜歡和她們一起「胡說八道」，一起笑得「亂七八糟」。

郝媽媽從小就愛畫畫，長大後，讀書、工作都和畫畫有關，而且她最愛創作兒童圖畫書。她認為畫畫最大的快樂在於，可以用圖畫表達出自己的想法，讓大家和她一起進入想像的世界裡飛翔。

今年才獲「國語日報牧笛獎」肯定的郝媽媽，現在最希望做的事是，能輕鬆自在、認真的畫出自己和孩子都愛看的圖畫書。